I0682774

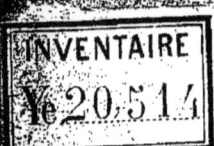

INVENTAIRE
Ye 20.514

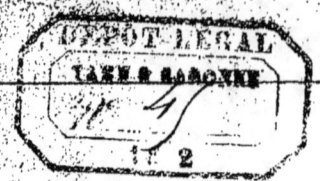

DEPOT LEGAL
TARN & GARONNE
2

RECUEIL

DE

PIÈCES RELIGIEUSES

PAR

ALEXIS DRAPPEAU

MONTAUBAN

IMPRIMERIE ET LIBRAIRIE CATHOLIQUES ET CENTRALES

DU MIDI DE LA FRANCE

VICTOR BERTUOT, ÉDITEUR

1864

Y

RECUEIL

DE

PIÈCES RELIGIEUSES

RECUEIL

DE

PIÈCES RELIGIEUSES

PAR

ALEXIS DRAPPEAU

BIBLIOTHÈQUE IMPÉRIALE
IMPR.

MONTAUBAN

IMPRIMERIE ET LIBRAIRIE CATHOLIQUES ET CENTRALES

DU MIDI DE LA FRANCE

VICTOR BERTUOT, ÉDITEUR

1864

LA FOI

De l'être humain, qu'est l'existence
En face de l'Éternité?
Pourtant, bien vite il la dépense,
Par ses passions excité.
Cependant s'offre en perspective,
Pour la lutte de quelques jours,
De bonheur une source vive
Dont ne tarit jamais le cours.

Passagers sur cette humble terre,
En ce monde fûmes-nous mis
Pour provoquer, pour satisfaire
De désordonnés appétits?
Se peut-il que l'homme descende
Plus bas que l'animalité,
Alors que son regard commande,
Des cieux embrasse la beauté?

Faible, douteuse, la lumière
De l'humaine raison, hélas!
A besoin d'un auxiliaire
Pour régler, affermir nos pas.
La Foi! c'est elle qui présente
Un but noble à nos actions.
Est-il de digue aussi puissante
Contre le flot des passions?

Foi sainte, qui rends de la vie
Le fardeau plus doux, plus léger!
Foi dont l'ardeur nous gratifie
Du courage au sein du danger!
Qu'à ton tendre culte, mon âme,
Fidèle en tout temps, en tout lieu,
De toute sa force proclame :
Soyez béni, Jésus, mon Dieu !

Foi, qui toujours as pour compagnes
La résignation, la paix !
Foi, qui transportes les montagnes
Et qu'on n'invoque en vain, jamais!
Que ton empire croisse vite;
Qu'il s'étende au-delà des mers ;
Qu'il n'ait enfin d'autre limite
Que les bornes de l'univers.

LA FOI ET L'ESPÉRANCE

Verbe incréé, moteur
Des mondes que j'admire!
Mon âme avec ardeur
Et t'implore et soupire.
Hélas! j'en fais l'aveu,
Au sein de la souffrance
J'ai murmuré, Grand Dieu!
Contre ta Providence;
Dans mon égarement,
Dans mon délire extrême,
Contre toi, Dieu clément!
J'ai lancé le blasphème.
Oh! combien à mes yeux
Je suis ingrat, coupable!
De mes péchés affreux
Le sentiment m'accable.

Mais tu plaças auprès
Du remords qui déchire
Le plus grand des bienfaits :
La Foi qui nous inspire,
La Foi, cette vertu
De l'Espérance amie,
Qui, d'un cœur abattu
Réveillant l'énergie,
Fait par un noble effort
Que l'âme se redresse
Et, dans son vif essor,
Ressaisit la sagesse.
Ah! d'un monde meilleur
C'est l'espoir, c'est l'image
Qui contre le malheur
Roidit notre courage ;
Qui transforme ici-bas
En source de délices
Les plus rudes combats,
Les plus grands sacrifices.
Oh! ne demandons pas
Une telle puissance,
De si beaux résultats
A cette autre espérance
Qui de nos sens émus
Rend l'ardeur plus active
Et d'appétits repus
Offre la perspective.
L'une met ses amours
Dans la plus haute sphère ;

L'autre rampe toujours
Et s'attache à la terre.
L'une aux biens éternels
Fait aspirer notre âme;
Pour les biens temporels
L'autre l'émeut, l'enflamme.

Par des hochets séduit,
Même dans le vieil âge,
Souvent l'homme poursuit
Un décevant mirage,
Ou si le bonheur vient
Docile à sa pensée,
Aussitôt qu'il l'obtient
Son âme en est lassée,
Ou des désirs nouveaux,
L'aiguillonnant encore;
Pour son cœur sans repos
Sont un feu qui dévore.
Telle cette liqueur
Qui s'offre enchanteresse
Surexcite l'ardeur
De la soif qui nous presse.
Oh! qu'aujourd'hui je sens
Que le culte du monde
En soucis dévorants,
En mécomptes abonde!
Du Christ sublime Loi,
Doctrine pure et tendre,
Je ne puis que de toi,

Oui, de toi seule attendre
La satisfaction
Des vrais besoins de l'âme !
Sainte Religion !
Grand phare dont la flamme,
A travers les dangers
D'un océan perfide,
Conduit les passagers
Et vers le port les guide ;
Culte de mes aïeux,
Inspire mes pensées !
Que toujours vers les cieux
Elles soient élancées.

LA CHARITÉ

Charité, toi qui résumes
Toutes les vertus du cœur,
Au feu dont tu la consumes
L'âme puise sa vigueur.

Pénétrant dans la mansarde
De l'ouvrier alité,
Tu deviens sa tendre garde,
Pour le rendre à la santé.

Sur toi le soldat s'appuie,
Au champ de l'honneur blessé ;
Ta main délicate essuie
Un sang largement versé.

Charité, toi, etc.

La pudeur de l'indigence,
Que tu sais la ménager !
Le mystère, le silence
Suit toujours ton pas léger.
Devant la pauvreté fière
Un pieux mensonge est prêt :
Le don de ta bourse entière
Se voile du nom de prêt.

Charité, etc.

Mais c'est peu que tu t'appliques
A soulager les besoins
Et les souffrances physiques :
Il est pour toi d'autres soins :
Dans une âme criminelle
Où ta voix va retentir,
Ta sainte éloquence appelle
Le remords, le repentir.

Charité, etc.

Ce rapide élan de l'âme
Vers des êtres malheureux,
C'est l'action de ta flamme ;
C'est ton instinct généreux.

Oh ! que ton noble exercice
Au cœur tendre fait de bien !
Il est surtout le délice,
Ton culte, du vrai chrétien.

Charité, etc.

S'il s'étend, ton doux empire,
C'est par la Religion;
Oui, c'est d'Elle que se tire
Ta force d'expansion.
Elle seule fait qu'on aime,
Que l'on poursuit de bienfaits
Le méchant, celui-là même
Qui nous blesse de ses traits.

Charité, etc.

Dans une sainte allégresse,
Où s'acheminent ces Sœurs,
Quittant tout : rang, nom, richesse,
Foyer aux pures douceurs?
Elles vont vouer leur vie
A d'innombrables dangers,
Combattre une épidémie
Sous des climats étrangers.

Charité, etc.

Et tous ces missionnaires,
Quelle rive les séduit?
Aux plus inhospitalières
La Charité les conduit.

Votre sang, VACHAL, BORIE, (1)
Nobles martyrs de la Foi,
Au sein de la barbarie
Du Christ propage la Loi.

Charité, etc.

(1) Missionnaires nés dans le Bas-Limousin, marty-
risés en Chine.

LA PRIÈRE

Sur l'aile de la prière
Ose, mon cœur, t'élever.
Jusqu'à l'essence première
Tu peux par elle arriver.
La prière est cette flamme
Qui, pure, s'élance au Ciel,
Le lien par lequel l'âme
Va s'unir à l'Éternel.

La prière est d'une lyre
Les plus émouvants accords.
C'est la brise, un doux zéphire
Rendant la force à nos corps.
C'est une source limpide
Où du passant à longs traits
La lèvre brûlante, aride,
Puise un flot salubre et frais.

La prière, c'est un baume
Pour les blessures du cœur;
Aux palais et sous le chaume,
Qu'elle apporte de douceur!
Combien, hélas! dans le monde
D'amères déceptions!
Mais la prière est féconde,
Elle, en consolations.

Si la fortune ennemie
Vient s'appesantir sur nous,
Où puiser de l'énergie
Pour résister à ses coups?
Prière, par ta puissance,
Rompant les nœuds d'ici-bas,
L'homme se met en présence
D'un bien qui ne périt pas.

Comme la mélancolie
Souvent la prière fuit,
Pour être plus recueillie,
Du jour l'éclat et le bruit.
Mais quel hymne magnifique
Quand ensemble plusieurs voix
Dans un élan sympathique
Invoquent le Roi des rois!

Et sous la bure grossière,
Ces cœurs de tout détachés
Appelant par la prière
Le pardon de nos péchés :

Prière ardente, efficace,
S'élevant parfum bien doux,
En flots abondants de grâce,
Elle retombe sur nous.

LES MISSIONNAIRES

Non, non, la Foi de nos aïeux
N'a pas perdu tout son empire :
A son culte un peuple nombreux
Est voué, d'Elle encor s'inspire ;
Sur les traces de Xavier,
De Vincent de Paul, dont la France
A droit de se glorifier,
Maint apôtre encor s'élance.

Par tous les cœurs qu'ils soient bénis,
Ces dévoués missionnaires
Faisant de sauvages pays
Les peuples, des chrétiens, des frères !

Dans ces jours de sève et d'ardeur,
A cette époque de la vie
Où, prisme brillant, enchanteur,
Le monde au plaisir nous convie,

Ils disent un suprême adieu
Au monde, au foyer domestique :
Conquérir des âmes à Dieu,
C'est leur penser, leur but unique.

Par tous les cœurs, etc.

En présence d'écueils nombreux,
Devant la vague courroucée
On les voit calmes, courageux,
Dans une longue traversée.
D'autres éprouveront à bord
Tout ce que l'absence a de peine;
Ils sont, eux, à bénir leur sort,
Et leur âme est toujours sereine.

Par tous les cœurs, etc.

Du progrès chrétien social
Ces pionniers, aux labeurs si rudes,
Pour opérer le bien moral,
Vont jusqu'au fond des solitudes.
Brûlants, insalubres climats,
Nation inculte, cruelle,
Qui pourrait arrêter leurs pas?
Qui pourrait ralentir leur zèle?

Par tous les cœurs, etc.

Que d'art, que de moyens adroits
Ne mettent-ils pas en usage,
Afin que triomphe la Croix
Chez des peuples qu'un rien ombrage!

Prompts à se faire tous à tous,
Pour obtenir leur confiance,
Ils adoptent leurs mœurs, leurs goûts,
Mais dans ce qu'ils ont d'innocence.

Par tous les cœurs, etc.

Que de pérégrinations
Par leur patience accomplies!
De dangers, de privations,
En est-il qui soient plus remplies?
De la Foi valeureux guerriers,
Quelle ambition les inspire!
Ils ne veulent d'autres lauriers
Que les palmes d'un long martyre.

Par tous les cœurs, etc.

Naguère nous vous avons vus,
Saints apôtres, VACHAL, BORIE,
Pour des parages inconnus
Quitter votre douce patrie.
A flots a coulé votre sang
Sur la terre des infidèles.
Il a produit en jaillissant
De la Foi les moissons nouvelles.

Par tous les cœurs, etc.

LE RESPECT HUMAIN

Trop longtemps j'ai traîné tes chaînes,
Respect humain, retire-toi;
Considérations mondaines,
Arrière, à jamais loin de moi!...
Quoi! je ferais le sacrifice
A ce monde vain, insensé,
De cette Foi consolatrice
Dont mon jeune âge fut bercé?

Trop longtemps, etc.

Quoi! je pourrais rougir du culte
Qu'à Marie, à son fils je dois,
Et n'aurais qu'un hommage occulte
A rendre au Dieu mort sur la Croix!

D'un passant le léger sourire,
Un mot, un regard de côté,
Un geste seul pourrait suffire
Pour refouler ma piété?

Trop longtemps, etc.

J'irais sur un champ de bataille,
Soldat, affronter le trépas;
Mon courage, sous la mitraille,
Un instant ne fléchirait pas;
Mais, tout prêt d'accomplir la tâche
Que l'Église impose au pécheur,
Je reculerais, faible et lâche,
Devant un trait malin, railleur?

Trop longtemps, etc.

Force d'esprit, indépendance :
Voilà nos termes favoris.
En avons-nous la conscience?
Le sens en est-il bien compris?
Est-on libre lorsqu'on s'éloigne,
Par respect humain, du devoir?
Est-on fort lorsque tout témoigne
Que sur soi l'on est sans pouvoir?

Trop longtemps, etc.

Opinion, tyran du monde,
Mobile en tes affections,
En faux jugements si féconde,
Si féconde en déceptions!

Ah ! dans tes caprices, quel rôle
Tu nous fais tour-à-tour remplir !
Aujourd'hui, l'on est ton idole;
Demain, on sera ton martyr.

Trop longtemps, etc.

Ceux-là mêmes qu'avec constance
Tu sembles combler de faveurs,
Que ces heureux en apparence
Cachent de soucis dans leurs cœurs !
A combien, hélas ! de visages
Des masques par toi sont placés !
Ils tremblent tant de personnages
Sur ton piédestal exhaussés.

Trop longtemps, etc.

Le cœur qu'a pénétré, qu'anime
Le sentiment religieux,
En actes le traduit, l'exprime,
Indépendant des temps, des lieux.
Que lui fait à lui ce qu'on pense,
Ce que l'on dit à son sujet?
Son seul guide est sa conscience,
Plaire à Dieu son unique objet.

Trop longtemps j'ai traîné tes chaînes,
Respect humain, retire-toi ;
Considérations mondaines,
Arrière, à jamais loin de moi !...

L'EUCHARISTIE

Le Dieu dont l'univers proclame
Et les bienfaits et la grandeur,
Il descend jusqu'à toi, mon âme,
Oh ! quel ineffable bonheur !

Reste, reste longtemps plongée
Dans un profond recueillement ;
O mon âme ! sois dégagée
De tout terrestre sentiment.

Mon cœur est-il assez candide,
Assez pur pour le recevoir ?
A sa Table sainte, splendide,
Suis-je assez digne de m'asseoir ?

Reste, reste, etc.

L'Être infini dans sa puissance,
Le Dieu de toute éternité,
Devient lui-même ma substance,
Dans son indicible bonté.

Reste, reste, etc.

L'Être souverain que la terre,
Que le ciel ne peut contenir,
Sous la forme la plus légère
Dans mon cœur se plaît à venir.

Reste, reste, etc.

Posséder Dieu ! que cette idée
Doit émouvoir un cœur chrétien !
Oh ! quelle grâce est accordée
A qui l'aime, l'accueille bien !

Reste, reste, etc.

Qu'à son Créateur l'âme unie
Est forte contre la douleur !
Quelle amertume dans la vie
Ne change-t-il pas en douceur !

Reste, reste, etc.

AU MOMENT DE LA BÉNÉDICTION

Il vient le Roi des cieux, il vient dans cette enceinte;
Il vient nous visiter, descend sur nos autels;
Abaissant jusqu'à nous sa Majesté si sainte,
Il accueille les vœux des plus humbles mortels.

Il veut, ce Dieu, des cœurs pleins d'un amour sincère;
A l'amour sans partage il a des droits acquis.
L'encens de la vertu, c'est pour ce tendre père,
C'est pour le Roi des rois l'encens le plus exquis.

C'est pour nous qu'il répand d'une main libérale
Fleurs aux parfums si doux, beaux fruits, riches moissons.
Aux regards des humains, il déroule, il étale
Magnifiques tableaux, éclatants horizons.

Et cependant, témoins de l'incessant miracle
Des astres, des saisons, si réglés dans leur cours,
Nous sommes froids, glacés devant ce grand spectacle ;
A ce concert si beau nos cœurs demeurent sourds.

Que n'a pas fait pour nous ce Dieu si bon, si tendre ?
De notre humanité daignant se revêtir,
Par son exemple même il voulut nous apprendre
A subir la douleur, à dignement souffrir.

Les peines dont le ciel traverse notre vie
Sont, alors qu'il s'y joint la résignation,
Les jalons conduisant nos pas vers la patrie
Qui d'un bonheur sans terme est l'habitation.

LE SACREMENT DU MARIAGE

Avant que sur les nations
Du Christ la doctrine féconde
Eût répandu les vifs rayons
Qui devaient transformer le monde,
Qu'était dans l'état social
De la femme la destinée ?
A supporter un joug brutal
Elle se voyait condamnée.

Il semblait avoir oublié,
L'homme, dans son orgueil extrême,
Que la femme fût sa moitié,
Née aussi libre que lui-même.
Aux lois du Dieu mort sur la croix
Était réservé l'avantage
De faire des devoirs, des droits,
Entre eux un plus juste partage.

Le Christianisme, épurant
Les pensers, les désirs de l'âme,
Appela l'homme au sentiment
De la dignité de la femme.
Quand elle vint à son foyer,
Il l'y fit asseoir sans rivale :
Amante, elle eut son cœur entier ;
Épouse, elle fut son égale.

Dans la famille elle trôna,
Chérie autant que vénérée.
Dans le monde, elle se trouva
De vrais hommages entourée.
Du bien-aimé portant le nom
Avec un orgueil légitime,
Elle n'eut d'autre ambition
Que de croître dans son estime.

Aussi, dans la chrétienté,
Jusques au plus humble village,
Avec quelle solennité
Se célèbre le mariage !

Sous le toit nuptial, amis,
Parents, voisins, viennent en hâte :
D'heureux souhaits du cœur partis
Un long concert s'élève, éclate.

Combien il est touchant de voir
Le fiancé, la jeune fille,
Le front incliné, recevoir
Les vœux des chefs de la famille !
Bientôt le cortége d'honneur
Dans tout son éclat se déploie,
Et du Lieu Saint avec bonheur
Le tendre couple prend la voie.

A genoux, au pied de l'autel,
Les amants, l'âme recueillie,
Prononcent le mot solennel :
Ce oui qui pour toujours les lie.
Le prêtre, heureux de les bénir,
Trace d'après le grand apôtre
Les graves devoirs à remplir
Par les époux, l'un envers l'autre.

Jeune homme, dit le saint pasteur,
La chair de ta chair, c'est ta femme.
D'une aussi chaste et pure ardeur
Quelle autre embraserait ton âme !
Pour elle, partout et toujours,
Sois une force protectrice ;
De ta carrière que le cours
Par ses soins actifs s'embellisse.

Cette union, jeunes époux,
Dieu la fécondera sans doute.
Qu'aux enfants qui naîtront de vous,
Du bien l'exemple ouvre la route :
Des pieuses traditions
Faites-leur aimer la pratique :
Les durables impressions
Viennent du foyer domestique.

A MARIE

Pour nous auprès de l'Éternel,
O puissante médiatrice !
Soyez toujours, Reine du ciel,
Notre Dame auxiliatrice.

Votre nom, s'il est invoqué
Avec amour et confiance,
Aux maux dont on est attaqué
Porte un baume : la patience.
Votre étoile au pauvre exilé
S'offre-t-elle, ô tendre Marie !
Il est à l'instant consolé
De l'absence de la patrie.

Pour nous, etc.

Au captif qu'anime la Foi
Le cachot même le plus sombre
Ne peut inspirer de l'effroi :
Votre image y brille dans l'ombre.
Vous faites dans ce cœur aimant
Qui vous supplie et vous implore
Naître, vibrer ce sentiment :
Dans les fers on est libre encore.

Pour nous, etc.

Au milieu des flots le marin
Que bat des vents la violence
A la vapeur demande en vain
Toute sa force, sa puissance.
Quand tout conspire contre lui,
Si, dans sa détresse profonde,
Son âme invoque votre appui,
La paix soudain renaît sur l'onde.
Pour nous, etc.

Hélas ! les vagues en fureur,
Des vents et la fougue et la rage,
Moins que les tempêtes du cœur
Ont de périls, font de ravage.
Du flot des passions battu,
L'homme bientôt est leur victime,
O Vierge ! s'il n'est retenu
Par votre main devant l'abîme.

Pour nous, etc.

A UN JEUNE HOMME

QUI SONGE A ENTRER DANS LES ORDRES

Dans les champs de Rome et d'Athènes,
Entre Virgile, Cicéron,
Tacite, Homère, Démosthènes,
Ami, s'est faite ta moisson.
Pendant tes études classiques,
Le succès est venu prouver,
Jeune homme, qu'aux sources antiques
Tu te plaisais à t'abreuver.

Plusieurs carrières se présentent
Maintenant à ta noble ardeur ;
Déjà de plus d'une te tentent
Les promesses ou la splendeur.

3

Par une conduite légère
Ne prélude pas à ton choix :
De la raison calme et sévère,
Avant tout, écoute la voix.

Aux fonctions sacerdotales
Oses-tu, jeune homme, aspirei,
Là tes forces vives, morales,
Doivent toutes se concentrer.
Pour ajouter à la puissance
De la foi, de la vérité,
Voici tes moyens d'influence :
Abnégation, charité.

Il est plus d'une épreuve rude
Qu'aura ton courage à subir ;
Même au sein de la solitude,
Des dangers viendront t'assaillir.
Ministre de Dieu, tu dois être
Toujours à l'état militant.
Des cœurs veux-tu devenir maître,
Sois maître de toi constamment.

Que ton ministère est sublime !
Oh ! qu'il est fécond en bienfaits !
Des cœurs sondant jusqu'à l'abîme,
Que d'âmes tu rends à la paix !
Point d'infortunes, de misères
Que tu ne puisses adoucir.
Fais-tu couler larmes amères,
Ce sont les pleurs du repentir.

L'enfant naît, sous ta main ruisselle
L'eau sainte qui le fait chrétien,
Et de la tache originelle
Par elle il ne lui reste rien.
De l'avenir dans ce jeune être
Tu provoques le sentiment ;
Tu lui fais servir et connaître,
Aimer un Dieu juste et clément.

Mais il sort déjà de l'enfance ;
Un grand acte va s'accomplir
Et marquer dans son existence :
A son âme Dieu vient s'unir.
Rendu pur à l'égard d'un ange
Par tes soins guidant ses efforts,
Pour la première fois il mange
Le pain vivant, le pain des forts.

A cette phase de la vie
Où de l'image des plaisirs
L'imagination remplie
Le livre à de fougueux désirs,
Avec ses passions tu luttes
Corps à corps et sans te lasser ;
Tu le relèves de ses chutes,
Vers le bien le fais avancer.

Par toi, d'un plus saint caractère
Le mariage est revêtu,
Et le lien que ta main serre
Par le trépas seul est rompu.

Oh ! que le ciel répand de grâces
Sur l'union que tu bénis,
Quand les devoirs que tu retraces
Par les époux sont accomplis !

A sa fin lorsque l'homme touche,
Chargé d'infirmités ou d'ans,
Ta place, elle est près de sa couche;
Tu le munis des sacrements.
Des plus sublimes espérances
Rallumant en lui le flambeau,
Tu sais des dernières souffrances
Alléger encor le fardeau.

L'AMOUR DU PROCHAIN

Les uns les autres aimez-vous :
De ce précepte évangélique,
Qui devrait nous être bien doux,
Hélas ! qu'est rare la pratique !
C'est pourtant dans ce noble but
Que de Dieu nous reçûmes l'être.
De sa nature ainsi voulut
Nous rapprocher le divin Maître.

Saint amour, viens sur tous les cœurs
Exercer ta noble influence.
De consoler bien des douleurs
A toi le secret, la puissance

Dévoûment, abnégation :
Voilà comment il faut comprendre
Cet amour tout en action,
Aussi pur, aussi saint que tendre
Ce digne amour est le foyer
Où le vrai courage s'enflamme :
Par lui l'on voit se déployer
Les plus belles vertus de l'âme.

Saint amour, etc.

Aimer le prochain, c'est savoir
S'imposer le strict nécessaire,
Afin d'étendre le pouvoir
De soulager mainte misère.
Aimer le prochain, c'est servir
A l'adolescence de guide ;
C'est l'arrêter, la retenir
Sur la pente du mal rapide.

Saint amour, etc.

Aimer le prochain, c'est l'armer
Contre ces perfides doctrines
Qu'est prompt l'athéisme à semer,
Et d'où ne sortent que ruines.
C'est à la digue du torrent
Des produits malsains de la presse
Porter avec empressement
Sa part de travail et d'adresse.

Saint amour, etc.

Aimer le prochain, c'est du cœur
Appeler toute l'énergie
A défendre dans son honneur
L'absent qu'atteint la calomnie.
Aimer le prochain, c'est encor
Oublier une grave offense :
C'est à qui nous a fait du tort
Prêter, quand il souffre, assistance.

Saint amour, etc.

Aimer le prochain, c'est chercher,
Pour l'aider, l'ombre du mystère.
Telle une onde sous un rocher
Cache sa source salutaire :
Rendant ses bords frais, enchanteurs,
On ne devine sa présence
Que par la verdure et les fleurs
Qu'elle fait naître en abondance.

Saint amour, etc.

Hélas ! de cet amour souvent
Il ne s'offre que le mirage :
De l'âme bien des fois absent,
On parle son tendre langage.
Au malheureux tend-on la main,
Souvent au fond de ce service
Est un sentiment tout mondain :
Il faut que ce bien retentisse.

Saint amour, etc.

Au tableau de fictifs malheurs
Que déroule un roman, un drame,
On répandra des flots de pleurs,
Remué jusqu'au fond de l'âme ;
Mais si l'on voit à ses côtés
Des familles dans la souffrance,
Du sort ces êtres maltraités
N'inspireront qu'indifférence.

Saint amour, etc.

Et comment serait-on ému
Par une réelle infortune,
Lorsque le sang est méconnu,
Ou que sa voix est importune ?
Un vif intérêt excitant
Et la jalousie et la haine,
La Discorde, hélas ! bien souvent
Entre au foyer en souveraine.

Saint amour, etc.

Ah ! pensons sérieusement
Au but essentiel à poursuivre ;
Ils passent si rapidement
Les jours que nous avons à vivre !
Frères de par la Loi de Dieu,
Que nos actes soient la pratique,
Et dans tout temps et dans tout lieu,
Des devoirs que ce titre implique.

Saint amour, etc.

www.ingramcontent.com/pod-product-compliance
Lightning Source LLC
Chambersburg PA
CBHW072257210626
46818CB00017B/1405